AF414076

North from Nostalgia

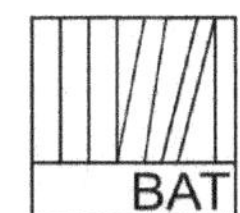

BAT

Biblioteca Andreu Teixidor

Joan Teixidor

North from Nostalgia

Selected and translated by

D. Sam Abrams

© Inheritors of Joan Teixidor
© For selection and translation D. Sam Abrams
© For this edition Bubok Publishing S.L., 2009

1st Edition
ISBN: 978-84-9916-171-6
DL: PM 1510-2009
Printed in Spain / *Impreso en España*
Printed by Bubok

To the memory
of Marià Manent,
who entreated me
to read Joan Teixidor
years ago

D.S.A.

-I- *from CAMÍ DELS DIES (1948)*
TIME'S BEATEN TRACK (1948)

Diada dels morts en un any de guerra

Sense destorb els cementiris corren,
ignoren murs i s'esllavissen. Drets,
no sols xiprers vetllen els morts. Tot arbre
colga records entre celatges freds.

El dolç terrer clavetejat de sang
en l'aire brunz de trepidant història.
Colgats i tot, viuen els morts; encar
alenen en el fang i en la memòria.

Àdhuc el cos que l'aire prest corromp
en marge trist que cap al sol s'inclina,
tot esperant la resurrecció,
en ploma o riu o dintre el vent camina.

All souls' day in a year of war

Unchecked, graveyards move,
they ignore walls and crumble. Erect,
not only cypresses tend the dead. All trees
inter memories among cold variegated skies.

The soft ground riveted with blood
buzzes in the air with throbbing history.
Buried and all, the dead are alive; they still
breathe in the mud and memory.

Even the body which air soon corrupts
in sad field banks that bow to the sun
moves in feathers or rivers or within the
                                        wind

as it awaits resurrection.

El fang que es pasta com el pa en el forn
de moltes vides aplegà fortuna.
¿Què fou d'això que dintre el sol daurat
visqué feliç o somnià a la lluna?

Oh terra vasta per l'amor intens
i encara rica que promesa exhales:
l'herbei amarg esdevindrà llet dolça;
amb sang, donzella, compra amor les gales!

Si tot es vincla i és ardent i trist,
duren clavells i neixen violetes,
asserenades de saber que els plors
fruiten ulls negres en obscures pletes.

Matí d'hivern caminaré pel món,
la terra fosca brostarà per dins;
llavors colgada per la rella dura
assaja, ardida, arrecerats camins.

The mud that is kneaded like bread in an
oven
gathers fortune from many lives.
What became of the things that lived
content
in the golden sun or dreamed in the moon-
light?

Oh vast earth for intense love,
still abundant you exhale promise:
the bitter grass will turn sweet milk;
with blood, woman, love purchases her
full dress!

If all things decline and are ardent and sad,
carnations endure and violets come to life,
appeased by knowing that tears
yield black eyes in dim stockyards.

On winter mornings I will walk the earth,
the dark soil will sprout from within;
seed buried by the harsh ploughshare
will attempt, daring, sheltered paths.

Vida de flors que congrià la mort.
Brutal ardència va pintar de foc
pètals i calzes: són obscurs, difícils,
els cants, la dansa, el mes ingràvid joc

La gràcia signa els esquelets nocturns,
oh primavera dintre els cementiris!
Noies que xisclen furiosament;
la pols m'ofega i el perfum dels lliris.

The life of flowers shaped by death.
The brutal zeal that painted petals and
                                    calyces
with fire: song, dance, the most fruitless
                                    games
are unclear and hard to understand.

Grace endorses nocturnal skeletons,
oh springtime in graveyards!
Girls who rave furiously;
the dust stifles me and the scent of lilies.

Els joves

Somreien a l'esperança els perfets, els
intactes.
Ignoraven que la mort també fou creada per
a ells.
Quan enramà l'enfiladissa dels jardins ses
hores,
en tot havien pensat: en l'amor fresc i
tendre
de les dones, el cel llunyà i els ocells del
capvespre,
l'afany de la nit, la llum taciturna del
geni,
els fills com un llevat dels anys, l'aigua que
s'empeny
sense rescloses, lliscant sobre pedres i
molsa.

En tot havien pensat, menys en aquest trepig
de la sang
en els camps desolats que vanament
omplia

The young

They smiled at hope, the faultless, the
                                   unspoiled.
They were unaware that death was
                         created for them as well.
When the garden's trailing climbers
                         adorned their hours,
they had given thought to all: the fresh and
                             tender love
of women, the distant sky and the
                           evening birds,
the zeal of night, the speechless light
                               of genius,
offspring like the yeast of years,
                       undammed waters
pressing on, sliding over the stones and
                              moss.

They had given thought to all things, save
                       the tread of blood
in the desolate fields the rattle of guns

l'espetec de les armes; tot, menys aquest
                                    mirar al cel
amb les ninetes buides. Això era nou
                                  per a ells.
Però compliren sense recel, com aquell qui
                                        paga
comptes oblidats del pare, per l'honor
                                    del nom;
allò que no era d'ells i que, potser, volien
rompre, sobtadament va dominar-los, com
                          un llevant arravatat,
molt més fort que l'enfiladissa dels
                                      jardins,
que l'aigua i que les roses; potser perquè
                                  era estrany
i gran, impalpable, i es nodria d'un
                                august silenci,
del camí de la sang també sense rescloses.

filled in vain; to all things, save this
                              glaring at the sky
with empty pupils. That was new to them.
But they complied without mistrust,
                              like one who pays
his father's forgotten debts, to clear the
                              honor of his name;
what was not theirs and what they,
                              perhaps, wanted to shatter,
suddenly gained control, like an angry wind,
much stronger than the garden's trailing
                              climbers,
than the water and the roses; perhaps
                              because it was strange
and great, intangible, and it was nurtured
                              by solemn silence,
by the stream of blood, undammed as
                              well.

Capvespre a Toscana

Oliveres, xiprers, daurats pujols
on la llum es desmaia sense pressa;
colors de posta agarbellats i mòlts
pel molí de la tarda que ara es dreça.

Arbres i prades en callat pendís;
silents jardins on, madurant, els marbres
al llarg del temps han detingut l'encís
d'amors vagant entre els camins i els arbres.

¿Com us duré en el cor quan sigui absent
d'aquesta pau que va allargar ma vida?
¿Sereu collita dintre el pensament
o bé, tan sols, callada sang dormida?

Evening in Tuscany

Olive trees, cypresses, golden hills
where the unhurried light fails;
sunset colors jumbled and ground
by the afternoon mill that now rises.

Trees and meadows on a quiet slope;
silent gardens where seasoned marble
down   through   time   has   detained   the
                                        charm
of love lingering among the paths and trees.

How will I carry you in my heart when I
                                    am gone
from this peace that lengthened my life?
Will you become a harvest in my thoughts
or simply speechless blood sleeping?

Com era nou, m'ho deia el somni dolç
que m'ha sobtat quan fou la tarda closa,
enyorament de roses en la pols,
taciturna cantada de l'alosa.

Oh món callat, massa perfet per mi,
t'escoiaràs en l'aigua dels meus dies,
ressonaràs en l'eco del camí
que em mena lluny d'aquestes aures pies!

Et dic adéu quan romandria absort,
inconscient, com mur que s'emmiralla
a l'últim crepitar del sol que mor,
al negre de la nit que l'amortalla.

Since it was new, I was told by the sweet
dream
that startled me when the afternoon
closed,
longing for roses in the dust,
the laconic song of the skylark.

Oh silent world, too perfect for me,
will you slip away in the stream of my
days,
will you ring in the echo of the road
that leads me far from this devout breeze!

I say goodbye when I would remain
engrossed,
unconscious, like a wall that mirrors
itself
in the last flare of the dying sun,
in the black of enshrouding night.

Infant

Tots els jardins s'han fet per tu,
i les flors i les pedres.
No intentis saber més: mira
la llum penjada a l'arbre.

Quan seràs gran, oblidaràs
aquesta pau divina.
I, sense esment, tindràs enyor
del que ara tens i et sobra.

Infant

All gardens were made for you,
as well as flowers and stones.
Do not attempt to know more: watch
the light hanging from the tree.

When you grow older, you will cease to
remember
this divine peace.
And, unknowing, you will long
for what you now have and is more than
enough.

Paisatge d'hivern amb caçadors, de Pieter Bruegel

Els caçadors sortiren a l'alba, fornits
d'arcs, sagetes i llances; la neu
omplia sots i carenes —amb dies i nits
espesseïda, pura dintre l'hora lleu.

Els caçadors duien àgils llebrers
i gossos negres i rònecs; corbats s'han
                                    perdut
fora poble, allà baix, en els límits darrers
on tot es confon —taciturna lluor, oracle
                                    temut.

Arbres d'hivern, avingudes d'hivern,
                                cal·ligrafia
d'acer, amb ocells negres d'hivern, aturats
escrutadors del fum voleiant —la masia
respira, barrada per tots quatre costats.

Hunters in the snow by Pieter Bruegel the elder

The hunters departed at dawn, equipped
with bows, arrows and spears; the snow
filled in hollows and ridges –thickened
through night and day, unsoiled in the
      weightless hour.

The hunters led light-footed greyhounds
and black and mangy dogs; hunched
     up they sank away
from town, down below, to the final limits
where all things are blurred –speech–
  less glimmer, the dreaded oracle.

Winter trees, winter avenues, handwriting
of steel, with black winter birds, unmoving
examiners of the billowing smoke –the
      farmhouse
breathes, barred and bolted on all four sides.

Camins solitaris; un carro hi transita.
Damunt el glaç, patinadors
refan la màgica collita
de crits i rialles, impenetrables ardors

darrera els vestits tan obscurs, darrera el joc
que no arriba a somoure la volta
celeste, grisa, massissa —una mica de foc,
efímera rotllana aviat dissolta.

Els caçadors a migdia tornaren, fornits
de llebres, perdius i becades. L'esguard, ple
de blanca
claror, s'entela; adrecen llurs passos petits
cap a casa —traspassen els horts i salten
la tanca.

Els espera el recés, l'ombra, el misteri
de cambres somortes; cadires, culleres de
fusta,
la dona i els fills; pot haver-hi
un cel, tanmateix, en la llar més adusta.

Solitary roads; a wagon rolls along.
On the ice, skaters
remake the magic harvest
of cries and laughter, impenetrable ardor

beneath the garments so dark, behind the
                                      sports
and games that do not rouse the heavenly
vault, grey and solid –a touch of fire,
the short-lived circle of people that soon
                                  dissolves.

The hunters returned at noon, supplied
with hares, partridges and woodcocks.
Their eyes, full of white
light, cloud over; they direct their
                           shortened steps
towards home –they cross fields and
                              jump fences.

Refuge awaits them, darkness, the mystery
of dim rooms; chairs, wooden spoons,
wives and children; there can be
a heaven, however, in the most scorched
                             of fireplaces.

No veuré del seu foc la fumosa embranzida:
no veuré les viandes damunt de la taula;
la neu, cap al tard, serà trista, encongida,
sola amb la meva paraula.

I will not see the smoky thrust of their fires;
I will not see the food spread on the table;
at sunset, the snow will be sad, cringing,
with no company but my words.

El fill

Plor d'infant, enllà de la nit,
m'allunya la veu del carrer.
En el silenci dur m'exalta
el pit l'afany llarg de la vida.

Mesura el temps, no t'estronquis.
Nodrit de ta pena pueril,
la nit se'm fa dolça, el respir
s'empara a un ritme i al cant.

I si callés de sobte ta veu,
allau de fantasmes en flota,
s'agitaria en el cor indefens,
calfred, necessitat de mare.

M'has llençat del tot a l'arrel:
ignoro el meu començament,
no veig la meva mort, suspès
a un regne obscur que em traspassa.

Son

The crying of a child, out in the night,
removes the noise from the street.
In the harsh silence, the far-reaching
drive of life uplifts my heart.

Pace your time, do not stop short.
Nourished by your childish grief,
the night has grown milder, rhythm
and song shelter my breathing.

If your voice were to break off suddenly,
an avalanche of ghost hordes,
in my helpless spirit the need
of a mother, a shudder, would stir.

You have plunged me to the roots:
I know nothing of my beginning,
I cannot see my death, suspended
in a dark kingdom that pierces me.

¿Seré jo en el futur un nom
distint o tan sols aquest plor
cabdellant l'enigma sagrat
de pares i fills cap a l'ombra?

La sang s'apila en el passat,
i en el demà m'espera la sang.

Will I be, in the future, a different
name or simply this crying,
spinning the sacred enigma
from fathers to sons on to darkness?

Blood heaps up in the past,
and blood awaits me tomorrow.

Comiat

En el tumult dels cors, quan amb pressa
les mans s'aixequen voleiant, jo us veia.
Vosaltres hauríeu volgut retardar un moment
aquest efímer llegat del temps. No foren
complets els adéus, i les paraules es delien
per trobar el seu camí.

Tot queda en l'indefinit. En el demà boirós
que serà distint del que ara imagineu,
perquè tot passa, àdhuc aquest vel de
                                    llàgrimes
que us entelava els ulls.
Els homes en actes inacabats aixequem
la imatge de la nostra impotència.
I no dura el que val més: el pur desig,
el sentiment que va elevar aquesta hora.

Goodbye

In the excitement of hearts, when hurried
hands rise and wave, I saw you.
You wanted to delay a moment
this short-lived legacy of time. The goodbyes
were not completed, and words frantically
tried to find their way.

All things remain undefined. In the foggy
tomorrow
that will be different from what you
now imagine,
because all things pass, even this veil of tears
that blurs your eyes.
In unfinished actions we erect
the image of our impotence.
The most deserving does not last: sheer
desire,
the feeling that heightened this hour.

Morir

I morir pot ser bell,
quan tot es trenca i una veu et crida
cap a un destí més alt.
Llavors la sang com l'aigua
damunt la terra cau,
la saba creix fins a la flor i el fruit
en els teus camps pairals.

Però simplement, sense cap gest
estrany, com si tot fos senzill
i pur en el camí dels dies.
Així s'aixeca el sol o ve la nit
i estimem.

Dying

Dying can be beautiful,
when all is broken and a voice summons
                                        you
to a higher destiny.
At that instant, blood the same as water
falls upon the earth,
the sap mounts to the blossom and the fruit
in the fields of your ancestors.

Yet with ease, making no odd
gestures, as if everything were simple
and pure on time's beaten track.
Thus the sun rises or nightfall comes
and we feel love.

-II- *from EL PRÍNCEP (1954)*
THE PRINCE (1954)

La primavera

Sempre he sentit la primavera nova,
l'afalac de les fulles en els arbres.
Però ha mort aquell impuls antic,
m'envellia de sobte, ¿Com podria,
quan tot s'esqueixa, sospirar feliç?

Em fa pena la saba que s'enfila
pels troncs renovellats, la prímula que neix,
el vespre que es perfuma i la nit tèbia.
M'espaordeix la vida que m'espera,
la paraula que creix per a morir,
ésser un altre enllà del meu silenci.

Springtime

I could always feel the new-come spring,
the flattery of leaves on trees.
Yet that ancient urge is gone,
I suddenly grew old. How could I sigh
of happiness when all is torn to shreds?

I feel sorry for the sap that climbs
the renewed trunks, the primrose that comes
                                        to life,
the scented evening and the warm night.
I dread the life ahead of me,
the words born to die,
becoming someone else beyond my silence.

Jacob

Deixa'm una vegada només, com Jacob,
vèncer l'Àngel, l'inconegut, el rar,
l'impossible.
Que el que d'imatge teva al fons de mi somnïi,
s'aixequi bravament i creï.
Que els plors arribin fins al cel.
Faci's, Senyor, la teva voluntat,
però que sigui la meva una vegada només.
Escolta:
no he demanat ni l'or ni la glòria,
he demanat la vida del meu fill.
Ja ho sé: no del desig ni del voler de la carn
són nats, sinó de Déu.
Però, en el camí que em duia cap a una
altra vida,
la més gran esperança es va lligar
a la meva sement cooperadora: això també
de Tu venia.
Parla'm, parla'm, seré obedient,
el que cal ho saps Tu, el millor ho saps Tu,

Jacob

Allow me just once, like Jacob,
to vanquish the Angel, the unknown, the
rare, the impossible.
May your likeness at the root of me dream,
bravely rise and create.
May my cries come unto heaven.
Your will, Lord, be done,
but just once let mine be done.
Hear me:
I did not ask for gold nor glory,
I asked for the life of my child.
I know: they are not born of desire
or the will of the flesh, but of God.
Yet on the road leading me to another life,
the greatest hope was bound
to my co-operative seed:
this came from You as well.
Speak to me, speak to me, I will obey,
You know what is needed, You know
what is best,

però la teva veu no s'ha fet per a la meva
                                        orella,
tota la teva veu com el tro i la fúria i la mort.
Jo visc entre paraules i somnis i vels,
visc voltat dels arbres i del sol,
veig les dones i els nens cap a la font de
                                        plata,
els dies van llançar-me per camins
                                        d'aventura,
em comunico amb Tu a través dels meus
                                        versos.
Miserable, la vida em prem i m'aixeca.
Des de la vall de l'ombra i de la mort,
vull ignorar el que ha d'ésser: el bo, el
                                        perfecte.
Et prego, et forço:
mai no t'he obeït tant com ara que et
                                        contrasto.

but your voice was not made for my ear,
your entire voice like thunder, fury and death.
I live among words and dreams and veils,
I live surrounded by trees and sunlight,
I see the women and children towards
                              the silver fountain,
time thrust me down avenues of adventure,
I communicate with You through my
                                    poems.
A pitiful thing, life crushes me and pulls
                                    me up.
From the valley of the shadow and death,
I wish to ignore what must be: what is good,
                                    perfect.
I beg you, I force you:
I have never heeded you as much as now
                        that I oppose you.

Fora de port

Em pesa tot el cap i el cor,
miro la tarda defallent
com un missatge de la mort
que sap, segura, el seu moment.

Que lleu i escàs aquest suport
que ens duia a tendre floriment!
Quan el trepig era més fort,
se'ns ha romput l'encantament.

Viurem des d'ara en el record,
fills de la boira i del lament,
i ens quedarem fora de port,
embarrancats, inútilment.

Outside the harbor

My head and my heart are heavy,
I watch the failing afternoon
like a message from death
who confidently knows his moment.

How light and scarce this foothold
that led us to tender blossoming!
When our footsteps were the heaviest,
the charm was broken.

From now on we will thrive on memories,
the offspring of fog and lamentation,
and we will remain outside the harbor,
helplessly run aground.

Jardins de Sant Gervasi

He vist el groc de la mimosa
en els jardins de Sant Gervasi.
He cobejat un altre món,
quan vanament les flors s'obrien.

Em feia mal el goig de tot,
la primavera enganyadora;
tot era bell, sense misteri,
mentre venia el gran esglai.

Quan va florir l'arbre més alt,
la mort s'enduia l'esperança;
algú m'ha dit que tot és bo,
que l'àngel passa per la vida,

que ara vivim en el tancat
d'orba bellesa que ens convida
i no sabem què és un espill,
que ens cal morir per viure.

Sant Gervasi gardens

I have seen the mimosa's yellow
in Sant Gervasi gardens.
I coveted another world
when the flowers bloomed in vain.

I was hurt by the joy of it all,
deceitful springtime;
everything was beautiful, void of mystery,
while the great fright approached.

When the tallest tree was in bloom,
death carried hope away;
someone told me all things are good,
that angels pass through life,

that now we live in an enclosure
of blind, entreating beauty
not knowing what a mirror is,
that we must die in order to live.

Serà sagrat aquell indret
on han florit les flors i els arbres;
duien la mort en el seu joc,
com més florien més ploraven.

Tot es mesclava en el meu cor,
perquè sabés el que em calia:
néixer, morir, tot és igual.
Déu ens espera sempre.

That place where the trees and flowers
bloomed will be sacred;
death was a part of their sport,
the more they bloomed, the more they
                                    wept.

Everything merged in my heart
for me to learn what I had to:
birth, death, it is all the same.
God always awaits us.

«E venni dal martirio a questa pace»

Sento una veu que em diu:
Tu ja no saps per on camines.
T'he arrencat del país clar:
és perquè cerquis la meva ombra.

Ja no veuràs els camps lluents
ni la pell tèbia de les coses.
El paradís que has somniat,
aigua de mort el colga.

Ara ha sorgit un altre món
que et feia por quan et mirava.
I quan l'oblidis sentiràs
un gust de cendra.

Així fa mal el mar brillant,
la primavera i la bellesa;
no pots mirar, t'habita el plor,
el plor i la boira.

E venni dal martirio a questa pace

I hear a voice that says:
You do not know where your steps lead.
I tore you from the clear land:
You are to find my shadow.

You will no longer see shining fields
nor the warm skin on all things.
The paradise you dreamed
is buried under the water of death.

Another world has now risen
and you were frightened by its gaze.
When it is forgotten you will know
the taste of ashes.

Thus the glaring sea,
springtime and beauty do harm;
you cannot look, tears inhabit you,
tears and fog.

Exiliat sense fronteres,
l'Àngel et vol com em volia;
tot ho veuràs sense mirall,
sense paraula.

Ara has sotjat el meu llindar,
viure com vius és viure a penes.
Aprèn, aprèn com he vingut
del martiri en aquesta pau.

A borderless exile,
the Angel wants you as he wanted me;
you will see all things without mirrors,
wordless.

Now you have seen my threshold,
to live as you live is hardly to live.
Learn, learn how I came
from torment to this peace.

El temps

Creix en el temps l'arrel del que hem viscut
i es va fent gran l'arbre de la malenconia:
envellir és com el tresor submergit
al fons del mar.

Prou s'aquieten les aigües al bon temps,
i torna a créixer la sang i la tendresa;
oblidar quasi és fàcil i riure,
però el tresor al fons del mar perdura.

Time

The roots of what we have lived grow in
time
and the tree of melancholy rises:
aging is like a sunken treasure
at the bottom of the sea.

The waters settle enough in good weather,
and blood and tenderness continue to grow;
it is almost easy to forget and laugh,
but the treasure at the bottom of the sea
endures.

-III- *from* PER AQUEST MISTERI *(1962)*
FOR THIS MYSTERY *(1962)*

«T'ha tocat el millor...»

T'ha tocat el millor
però no l'escassa, dolorosa vida.
Amb quin sagrat horror
rebràs a Déu quan ve
en el tombant del dia o de la nit.
Gloriós, armat, sense cap límit
en la seva possessió.

Ànima, petita sempre, pensa:
sóc la gerra buida i m'omple l'aigua,
sóc l'arbre immòbil i m'assota el vent,
sóc el camí desert i algú em trepitja,
neixo quan moro a tot.

You drew the best lot

You drew the best lot
not the meagre, painful life.
With what holy horror
will you greet God when he comes
at the edge of day or night.
Glorious, sword-in-hand, with no limits
to his possession.

Soul, forever small, think:
I am the empty vessel and water fills me,
I am the motionless tree and the wind trashes
me,
I am the deserted path and someone treads
upon me,
I am born when I am dead to all things.

«És l'únic dels que han mort...»

És l'únic dels que han mort
que no deixà cap rastre;
el rastre és Ell mateix
vivint entre nosaltres.

Són vans el pensament,
el somni, la nostàlgia...
Ell era el pa i el vi
i deia que el mengéssim.

La boira dels humans
ja saps qui la contrasta:
perquè no moris mai
asseu-te a la taula.

Of those who died, he is the only one

Of those who died, He is the only one
who left no trace;
He is the trace Himself,
living among us.

Thoughts, dreams,
longing are vain...
He was the bread and wine
and said for us to eat Him.

You know who opposes
the fog of humans:
so that you never die
sit down to the table.

«Créixer i aquest pes diví.»

Créixer i aquest pes diví
en la creu del teu cos.
Per carrers i places, oh foll!
et diran els homes de la boira:
Ja no ets res i camines
submís, buidat de tot;
t'has deixat doblegar
i sols la veu de l'Amo
et porta a primaveres
de rostolls calcinats.
Però tu calla i enfonsa't
a l'erm del teu silenci:
hi ha un cel indiferent,
la calç blanca del mur
i més enllà les altes
torres del Castell.
Quan arribis, nafrat,
seràs lliure.
El pes diví, la creu
com una altra natura.

To grow and this divine weight

To grow and this divine weight
on your body's cross.
Through streets and squares, oh madman!
the men of fog will tell you:
You are nothing and you walk,
unresisting, drained of all things;
you have been brought to your knees
and the voice of your Master only
leads you to spring seasons
of charred stubble.
But be still and steep yourself
in the wasteland of your silence:
there is an indifferent sky,
the white lime of the wall
and, beyond, the towering
turrets of the Castle.
When you arrive, wounded,
you will be free.
The divine weight, the cross
like a second nature.

«Per què heu parlat de símbols...»

Per què heu parlat de símbols
quan era carn i sang?

Ara us diré: tenia
un gust de pa, semblava
el blat de casa al juny.

Ressuscitava sempre
en el matí rentat,
quan el teu peu somnia
un viarany reial.

No vas marcat per signes
sinó per mans d'amor;
el Pa que t'alimenta
t'infanta novament.

Hem estimat la terra
perquè hi vivia Déu.

Why did you speak of symbols

Why did you speak of symbols
when He was flesh and blood?

Now I will tell you: He tasted
of bread, He seemed
the wheat from home in June.

He resurrected, always,
in the rinsed morning,
when your feet dream
of a royal road.

You do not bear the mark of signs
but the mark of love's hands;
the Bread that feeds you
gives birth to you again.

We have loved the earth
because God lived here.

«Pren l'armadura de déu...»

Pren l'armadura de Déu
nova Joana.
S'han acabat els jocs,
la llet de la infantesa.

Mai no seràs tan gran
ni seny sense malícia
tindrà aquest cel tan net.
Ja ho saps, amor tenies,
però avui a la resclosa
del cor assedegat
arriba una aigua clara.
Et perdré, invadida
d'Algú més fort que jo.
Et deixaré, indefensa
a mans de l'altre Pare
que ens duia a l'hora exacta
al bosc del seu dolor.

Take up the armor of god

Take up the armor of God
new Joan.
Your games are over,
the milk of childhood.

You will never be so great
nor wisdom without spite
will ever have this sky so clear.
You know, you had love,
but today fresh water
pours into the dam
of your thirsting heart.
I will lose you, invaded
by Someone stronger than I.
I will leave you, helpless,
in the hands of another Father
who led us, at the exact hour,
to the forest of his grief.

La faç en el drap blanc,
cap vida a part et queda:
Ell sol en el teu buit,
Verònica.

The face on the white cloth,
no life apart is left for you:
He alone in your void,
Veronica.

«Quan et diguin que no, pensa...»

Quant et diguin que no pensa:
jo he vist un còrrec sec
per on passava l'aigua.
Quan et diguin portaves
un vestit blanc, pensa:
he arribat fins al buit,
quan ja no hi ha res més
i un vent feliç em porta
fins a aquell mur que brilla.

El mur, el mur que espera
un ample finestral.
Allá vull abocar-me,
imatge teva, esclava,
i veure el tot, Déu meu,
oprimit pel teu pes
que és dolç com tornar a néixer.

When they say no

When they say no, think:
I have seen a parched river-bed
where water was flowing.
When they say you were wearing
a white gown, think:
I have gone as far as the void,
when nothing else is left
and a timely wind leads me
to the glaring wall.

The wall, the wall that awaits
a broad large window.
I want to lean from there,
your image, after your likeness, a slave,
and see all things, my God,
burdened with your weight
which is sweet like being reborn.

«Només la terra viu...»

Només la terra viu
i el pròxim ignorat,
un home en mig dels homes.
Tot és aquí mateix
vivint entre nosaltres.
No cerquis més enllà,
no hi ha llum als confins
i el mar ho colga tot.
El Déu que has somiat
naixia en el teu cor.

I encara és més veritat
que els camps esperen l'hora
i l'horta va florir
per un trepig de l'àngel;
que sempre l'horitzó
m'amaga una altra terra;
que tot és penetrat
d'un cant suspès a l'aire
i això que ens enganyava
eternament es crea.

Only the earth lives

Only the earth lives
and the unheeded neighbor,
a man among men.
Everything is right here,
living amidst us.
Do not search in the distance,
there is no light at the limits
and the sea inters all things.
The God you dreamed
was born in your heart.

And it is still even more certain
the fields await their hour
and the orchard bloomed
from the tread of angels;
the horizon always
conceals another land;
all things are pervaded
by song suspended in the air
and that which deceived us
is eternally created.

No hi ha repòs aquí
si pelegrins naixíem
i anem cap a un Hostal
on tot es completava,
on tot té un altre nom
i espera un altre Pare.

There is no rest here
if we were born pilgrims,
and we move towards an Inn
where all things come to completion,
where all things have another name
and await another Father.

-IV- *from QUAN TOT ES TRENCA (1969)*
WHEN ALL IS BROKEN (1969)

Un cel morat ens volta

Quan ja declina tot
i un cel morat ens volta
t'estimaré com sempre.
Hi ha coses que hem après
en el camí de l'ombra
i ara ens faran servei.

Perquè no tot és res i, a penes,
un somni s'insereix en el gest
quan t'abraço
i canta el rossinyol en el vell arbre.

El que imaginàvem de més alt,
ésser un, ésser dos, ésser tres,
també era un simulacre.
L'home assaja vanament
l'última conquesta.

A purple sky surrounds us

When everything is on the wane
and a purple sky surrounds us
I will love you as always.
There are things we have learned
on the path to darkness
that will now be useful now.

Because not all things are nothing and
a dream has secretly crept into the gesture
when I embrace you
and the nightingale sings in the old tree.

What we imagined as the height,
to become one, to become two, to become
three,

Was a pretense as well.
Man vainly attempts
the ultimate conquest.

Però, com sigui, ens trobaríem rics
de la nostra esperança
que hem anat vestint amb la mort
de tantes coses que estimàvem.

Oh, no, no et planyis, tot és
ni millor ni pitjor;
tot és la vida simplement.
Si hem crescut en el pànic
també roda un aire pur
sobre el front fadigat.

Més petits, més humils que no abans
quan tot semblava nostre.
¿Per què voldríem una gran paraula,
un gest solemne, la ganyota,
heroica per estimar una cosa
de nosaltres que no és?

Yet, no matter how, we find ourselves
                                    rich

in our hopes
we have clothed with the death
of so many things we loved.

Oh, no, do not grieve, everything is
neither better nor worse;
it is all simply life.
If we have grown under panic,
pure air wheels over
our weary foreheads as well.

Smaller, more humble than before
when all things seemed ours.
Why should we want great words,
solemn gestures, the wry face
of a hero to love something
in ourselves that does not exist?

Callem –hi ha una pau dolcíssima
en el cor submís.
Ens cal només tornar a la font primera,
serfs de la Gleba Reial,
criatures de Déu
que aprenen novament.

Tot torna i, el més sagrat de tot,
la nostra suavíssima ignorància;
aquell instant en què, purs,
ens miràvem en el fons dels ulls.
Cap a la primavera viatgem,
una altra infantesa ens espera.

Let us be silent —there is sweet, sweet peace
in the submissive heart.
We need only to return to the primal fount,
serfs of the Royal Land,
God's children
who are learning once more.

All things return and, the most sacred of all,
our soft, gentle ignorance;
the moment when, untainted,
we looked into each other's eyes.
Towards springtime we travel,
another childhood awaits.

Memòria de Carles Riba

Ítaca aspra,
¿com viuríem
si el teu somni allunyat
s'enfonsés per sempre?

Recordo Ulisses amb enveja.
Ell sabia on anar
a través del mar
que ofrena nits i llunes,
cabelleres i vents,
oblit i mort.

Però nosaltres
ens mantenim insomnes,
sense suport a penes.
Necessitem el cant, la folla esperança.
Comprendre que érem
abans i sempre.
En el passat es fortifica
l'única arrel que ens salva.

Memory of Carles Riba

Rugged Ithaca,
how could we live
if your distant dream
were to sink forever?

I remember Ulysses with envy.
He knew where to go
across the sea
that offers up nights and moons,
shocks of hair and wind,
oblivion and death.

Yet we
remain sleepless,
with barely any support.
We need song, foolish hopes.
To understand we existed
before and always.
The only roots that save us
are fortified in the past.

Tot són noms, història,
una llegenda d'or,
fills d'una sang cansada.

En la memòria es crea
allò que ens fa vivents.
Oh! no moris mai
vella olivera grisa:
aixeca't sempre, sol
d'un nodridor orient.
Et necessito, Ítaca,
Ulisses, vell company,
veu que m'arriba intacta.

Everything is names, history,
a golden legend,
the offspring of tired blood.

What makes us alive
is created in memory.
Oh! You must never die
old grey olive tree:
stand forever, the sun
of a nourishing orient.
I need you, Ithaca,
Ulysses, old companion,
the voice that reaches me unchanged.

Queia la neu

Queia la neu en el fondal
i la muntanya s'enfosquia;
imaginàvem que el Nadal
era la porta que s'obria.

Érem ben pocs, érem petits,
i l'esperança caminava
enllà del temps i de les nits
on vèiem créixer l'hora blava.

Ara són més els que he estimat
i aquella porta ja no s'obre;
tot el que sóc s'ha despullat
i em sento trist i sol i pobre.

També hi ha neu en el fondal
i no llampega l'esperança;
calladament el meu Nadal
arriba al freu de la recança.

The snow fell

The snow fell in the hollow
and the mountains grew dark;
we thought Christmas
was an opening door.

We were few, we were little,
and hope walked
beyond time and the nights
when we saw the blue hour spread.

Now there are more people I have loved
and the door no longer opens;
all I am has been stripped away
and I feel sad and lonely and poor.

There is snow in the hollow again
but there are no flashes of hope;
silently, my Christmas
verges on sorrow and regret.

Afeixugada amb el record,
muntanya exempta de dolcesa.
Llum de la posta encén amb or
l'esclat darrer de la infantesa.

Buedened with memories,
mountain exempt from gentleness.
Sunset lights up in gold
the last outburst of childhood.

Accident

Hi havia un home mort
sobre l'asfalt.
I els fills que m'exigien que els parlés
del món i del més enllà innombrable;
i el vespre tens es perdia en l'or
i en el morat del crepuscle;
i una dona encara era viva per mi
com un estrany ressò,
com un refugi inútil.

Accident

There was a dead man
lying on the pavement.
And my children demanded that I tell them
about the world and the unnamable
                              hereafter;
and the tense evening faded into the gold
and purple twilight;
and a woman was still alive for me
like a strange echo,
like a useless shelter.

Setembre

Tot era just per morir:
el crepuscle massa ràpid,
la llum encesa,
la gent en el carrer,
un aire exaltat que preludia
tot allò que et commou.

Vaig mirar l'asfalt
i el blau puríssim de setembre;
i gairebé trobava Déu
en la cornisa de la casa,
en la fulla que comença a caure,
en tot allò que es mou
i viu d'una última presència.

Però són instants només.
Com si fossis arrabassat de sobte,
capbussat per força.
I tornes cap a tu,
cap a la teva vida
on tot s'escorre
indiferent, inútil.

September

Everything was just right for death:
nightfall too fast,
the lights on,
people in the streets,
an air of exaltation that foreshadows
the things that move you.

I looked at the pavement
and the intense pure September blue;
and I almost found God
crowning the top of the building,
on the leaf about to fall,
in everything that moves
and is fed by an ultimate presence.

But they are only moments.
As if you were suddenly seized,
forced to plunge.
Then you come back to yourself,
back to your life
where everything slips away
indifferent, hopeless.

L'engany

Vèiem la cambra, el foc
i ens vam quedar a la porta.
Teníem por de morir
i preferírem el somni.

La terra tan real
ens semblava inhòspita;
carenes enlairades
on s'enfilen les boires.

Tot és cert a l'arrel,
però és negra i aspra;
i l'aigua m'ha llençat
pel nord de la nostàlgia.

Si hem perdut el sentit
de les coses immòbils,
el vent ens empenyia
a una illa sempre nova.

The deceit

We saw the room, the fire
and we stood at the door.
We were afraid to die
and chose the dream.

The earth, so real,
seemed inhospitable;
elevated ridges
that fog climbs to.

The root of all things is true
but black and bitter;
the waters have tossed me
north from nostalgia.

If we have lost the sense
of immobile things,
the wind pushed us on
to an ever new island.

Però res no ens va quedar,
entre les mans obertes.
Era millor morir
i abandonar el somni.

Yet we had nothing left
in our open hands.
It was better to die
and give up the dream.

Un home

Era el pitjor, el culpable,
aquell que es diu submís
i exigeix que indefectiblement
baixi el mannà del cel.

Quan l'home ha d'encendre
un miserable foc
i esperar que creixi.
Quan l'home ha de seguir el seu rastre,
a penes res i tot,
un pensament encès imaginant el món
i Déu.

A man

He was the worst, the guilty one,
the one who calls himself submissive
and in consequence demands that
manna should drop from heaven.

When men should light
a meagre fire
and wait for it to grow.
When men should follow their path,
scarcely nothing and everything,
a blazing thought, envisioning the world
and God.

El passat i el futur

Va néixer aquí el meu pare.
Els avis, més amunt,
segurs a la muntanya.

Eren gent aspriva,
pagesa i artesana.
Conreaven els camps
i teixien el cànem
en la baluerna de fusta
que ara veig al museu.

Eren gent honrada i obscura.
Potser, el rossinyol
fregava els seus somnis
en el matí lluent.

The past and the future

My father was born here.
My grandparents, farther up,
safe in the mountains.

They were rugged people,
farmers and craftsmen.
They tilled the fields
and wove hempen cloth
on the bulky wooden frames
I now see in a museum.

They were honest and obscure people.
Perhaps, the nightingale
grazed their dreams
on glossy mornings.

Em dic Milany, Llaers,
i la Vila i la Bauma.
Em dic aquests noms que persisteixen
en els llibres geogràfics.
Quan camino d'esma pel món
m'oblido de qui sóc,
però em canta a la sang
els segles que s'apilen,
les hores escolades.

Sóc vell com els crepuscles
i vise les primaveres
insomnes del passat.
Quan sigui mort encara
viuré en tots vosaltres.

My name is Milany, Llaers,
and la Vila and la Bauma.
Those are my names that persist
in geography books.
When I wander around the world
I forget who I am,
but the heaps of centuries,
the drained hours
sing out in my blood.

I am as old as twilight
and I live the sleepless
springtimes of the past.
When I am dead I will still
live on in you.

-V- *from* FLUVIÀ *(1989)*
FLUVIÀ *(1989)*

Diapositives

Miràvem diapositives.
Tan passat, a penes retingut.
Jardins, carrers i catedrals i platges,
ciutats, camins i festes,
Constantinoble i Puigsacalm,
molt a prop i molt lluny.
La mar, la mar assolellada
i aquella fronda que no s'acaba mai,
les hores clares del rellotge de sol.
Érem feliços i encara ho som
en aquestes imatges que s'esborren.
El que hem viscut es feia rastre
però encara viu en el meu cor.

Slides

We were viewing slides.
So much past, hardly retained.
Gardens, streets and cathedrals and beaches,
cities, paths and holidays,
Constantinople and Puigsacalm,
very near and very far.
The sea, the glimmering sea
and the foliage without end,
the cloudless hours of the sundial.
We were happy and we still are
in these fading images.
What we experienced has become a trace
but it still lives on in my heart.

Testament

Escriuré versos blancs
on totes les paraules quedin suspeses en
                                    l'aire,
on res no digui res
fora la pau dels camps, l'oblit
on ja no sóc i em perpetuo.
Quan volia ésser-ho tot,
ara ja només visc
d'aquest ocell que em mira i que no veig,
d'aquest crepuscle lent,
d'aquesta mort que m'espera.
Penseu en mi com si fos una ombra,
allò que va quedar escrit sobre l'aigua.
Però sempre us he estimat
i això només em salva.

Testament

I will write blank verse
where all the words are suspended in air,
where nothing will say anything
except the peace of the fields, oblivion
where I no longer exist and perpetuate
myself.
When I wanted to be everything,
now I only live
on this bird that watches me but I cannot
see,
on this slow nightfall,
on this death awaiting me.
Think of me as if I were a shadow,
what was writ in water.
I always loved all of you
and this alone will save me.

L'oblit

Tantes coses perdudes
i tant d'oblit.
Vaig morir ja fa temps,
ja quan, petit, abandonava el joc.

Oblivion

So many things lost
and so much oblivion.
I died long ago,
when, as a boy, I gave up games.

L'espera

Oh Crist, oh Crist, tan ignorat i únic,
inaccessible, absent.
Me'n parlaven els llibres i et cercava.
T'he vist avui en qualsevol carrer.
Ets jo mateix quan t'esperava.

The wait

Oh Christ, oh Christ, so unheeded and unique,
inaccessible, absent.
My books spoke of you and I tried to
find you.
I saw you today on any street.
You are me while I was waiting.

L'horitzó blavíssim

El perfil de la muntanya era precís
i l'horitzó blavíssim.
Una mica d'or ho anava enriquint tot
i vaig pensar que no em calia res més,
que ja era prou això que se'm donava,
que el món arriba a plena maduresa
quan s'accepta com és i no preguntes.

The intense blue horizon

The outline of the mountain was precise
and the horizon an intense blue.
Touches of gold enhanced everything
and I felt I needed nothing more,
that what I was given was enough,
that the world reaches full maturity
when you accept it as it is and raise no
                                    questions.

M'he envellit

M'he envellit de massa vida meva.
He prosperat en la malenconia.
El món massa petit m'empetitia.
Envejo els homes que ho deixaren tot.

I have grown old

I have grown old from too much of my life.
I have become prosperous in melancholy.
The world, too small, made me small.
I envy those who quit everything.

Menvellien els llibres i les aules

M'envellien els llibres i les aules.
Demano vent i pluja.
L'asfalt em fa mal,
el cor se'm mor.
Tinc azalees al jardí,
m'han explicat la vida.
Si cal no cal,
he après no res.

Books and classrooms made me age

Books and classrooms made me age.
I ask for wind and rain.
The pavement hurts me,
my heart is dying.
I have azaleas in the garden,
they told me about life.
Whether one should or should not,
I have learned nothing.

La bellesa del món

Com sostreure's a la bellesa del món
i com suportar-la.
Encara em venç,
no he tingut temps de penedir-me'n.
Miro els arbres i les dones
amb uns ulls intactes.
La bellesa dels arbres,
la bellesa de les dones,
aquest arbre de carn en moviment
que passa pel carrer.
M'he perdut per les cantonades,
he vist la tarda com queia
i com queia la vida.
M'he tancat a la cambra amb els records
i ni això m'alleujava.
El cel es filtra per la finestra
i em crida.
Visc per morir i voldria viure.
He tocat les coses i eren com una ombra.

The beauty of the world

How to get away from the beauty of the
world
and how to bear it.
It still subdues me,
I have had no time to regret it.
I see trees and women
with unchanged eyes,
this tree of flesh in motion
going down the street.
I have been lost on street corners,
I have seen night fall
and life fall.
I have shut myself in a room with memories
and not even that gave me relief.
The sky filters through the window
and calls me.
I am living to die and I would like to live.
I touched things and they were like
shadows.

La mà se'm feia insaciable.
No sé si camino o estic quiet,
no sé si penso o somnio.
M'abocaré cara al pou
per si em cridaven.
No sé què m'espera.
Les boires no s'han fet pel meu afany,
vaig recollir engrunes.
Em feia mal tanta bellesa.

My hand became insatiable.
I do not know whether I am walking or
standing still,
I do not know whether I am thinking or
dreaming.
I will lean over the well
in case they call me.
I do not know what is in store for me.
Fog was not made for my eagerness,
I collected crumbs.
So much beauty hurt me.

Desenllaç

S'allargassen les hores de la tarda
i ara arriba el riu cap a la plana.
El caminar es fa lent: la nit és a punt
com una mort acceptada.

El Fluvià ha fet el seu trajecte i no recorda
ni cascades ni afraus ni la campana d'aigua
caient sobre els còdols com en un dia de
festa.
La pollancreda ha suspès el seu clam.
Hi ha fang i llot al fons enterbolit.

Ha arribat el temps de meditar, de fer
balanç
de tot el que has viscut, del lloc feliç
i de la dissort que et malmenava i t'atuïa.

Turning point

The afternoon hours grow longer
and now the river reaches the plain.
Walking becomes slow: night is at hand
like an accepted death.

The Fluvià has run its course and
remembers
no waterfalls no gorges no liquid bells
spilling on top the pebbles as if on a day
of rest.
The poplar grove has suspended its
grieving.
There is mud and sludge in the murky
bottom.

The time has come to meditate, to take
stock
of all that you have lived, of the happy places
and the misfortune that harassed you
and beat you down.

Ja no et queda res més que aquest tendal
                                   de silenci,
les canyes vora el riu que l'oreig fa moure.
Les dunes tenen un moviment d'onada
i s'encavalquen amb una gran parsimònia.

L'amor és la recança de jorns assolellats
i de nits de tumult i de batec dels cossos.
Hi havia plors en el tombant de les tardors
                                   que queien
però els hiverns tenien una tendresa de llar.
Per Sant Joan els focs s'encenien a la serra.
Sant Pere Pescador ja t'ha deixat per sempre.

Tot s'ha acabat en aquesta tarda quieta
i només et toca l'última escomesa.
Prepara't a morir i tanca't a la crida
de tot allò que ja no pot tornar.
Són bons els núvols que lentament
                                   s'avancen.
Fes un respir petit i apropa't al llindar,
"avui seràs amb Mi al Paradís".

You have nothing left but this awning
                              of silence,
the reeds near the river that the wind sways.
The dunes have a wave-like movement
and they overlap with great calm.

Love is regret for sunnny days,
tumultuous nights and the throbbing of
                              of bodies.
There was crying around the bend of
                              falling autumns
but winters had fireside tenderness.
On Saint John's Eve fires were lit in the
                              the mountains.
Sant Pere Pescador has forsaken you
                              forever.

It is all over on this peaceful afternoon
and you have only the last assault left.
Prepare to die and shut out the call
of all the things that will never return.
The clouds that slowly advance are good.
Take a small breath and move to the
                              threshold,
«To day shalt thou be with me in paradise».

Notes

THE PRINCE

This volume was written after the death of the poet's first-born son. Ignasi Teixidor died of leukemia in 1950, at the age of seven. The book is actually a «poetic cantata, consisting of twenty-five poems that produce the effect of a continuous text. For this reason, it is almost unrightful to isolate individual poems from their group setting.

Sant Gervasi Gardens: Sant Gervasi is the name of a very famous residential area in Barcelona. The hospital where the poet's son spent the last months of his life and died is located in the Sant Gervasi area.

E venni dal martirio a questa pace: The title of this poem, echoed in the last two lines, is taken from Dante: *Paradiso,* XV 148.

FOR THIS MYSTERY

This collection is a suite of eight occasional poems which the poet wrote out of «blazing love» for eight children: Ignasi,

Borja, Andreu, Jordi, Verònica, Eulalia, Lluís and Maria. The poems follow the order of the names. The poems follow the order of the names.

WHEN ALL IS BROKEN
This book was appended to the collected edition of Teixidor's poetry in 1969. See bibliography.

Memory of Carles Riba: Carles Riba (Barcelona, 1893-1959) was a renowned Catalan poet, critic, scholar, professor and translator. He is widely known for his splendid verse translation of the *Odyssey* (originally published in 1919 and completely reworked in 1953). Riba was the towering figure of Catalan culture in the thirties. He was first Teixidor's professor and later the two poets became personal friends. Riba, like his contemporary T.S. Eliot, was a die-hard classicist.

The past and the future: This poem, one of the author's favorites, refers to the poet's ancestors. In the second stanza, there is an indirect reference to the poet's surname, Teixidor, which means «weaver» in Catalan. In the penultimate stanza, the poet mentions several places that are essential to his family history: Milany, the location of a medieval castle; Llaers, a small parish; la Vila and la Bauma, a country home and a tenant farm respectively, owned by the Teixidors.

FLUVIÀ

The Fluvià is a river that flows eastward through Olot, where the poet was born. Following Jorge Manrique («Our lives are rivers, gliding free/To that unfathomed, boundless sea, /The silent grave!»), Teixidor uses the Fluvià as a symbol of his own life. The river appears frequently throughout the volume.

Turning point: It is a tradition in Spain to celebrate Saint John's Eve by lighting bonfires. This custom is actually a survival from pagan summer solstice fertility rites. Sant Pere Pescador is a small town on the

Catalan coast where the Fluvià empties
into the Mediterranean. The last line is
taken from *Luke* 23:43.

Bibliography

WORKS BY JOAN TEIXIDOR

VERSE
Poemes 1931, 1932
Joc partit, 1935
L'aventura fràgil, 1937
Camí dels dies, 1948
El príncep, 1954
Per aquest misteri, 1962
Quan tot es trenca, 1969 (in *Una veu et crida*, a collected edition, 1932-1969)
Fluvià, 1989

PROSE
Pere Serafí, 1935 (Selection and introduction by Joan Teixidor)
Antologia general de la poesia calalana, 1936 (Selection and introductions, by periods, by Martí de Riquer, J. M. Miquel i Vergés and Joan Teixidor)
Entre les lletres i les arts, 1957
Antoni Tàpies: fustes, papers, cartons i «collages», 1964

Els antics, 1968
Viatge a Orient, 1969
Cinc poetes, 1969
Miró sculptures, 1974
Joan Miró: lithographe III, 1977
Un cel blavíssim, 1978
Eudald Serra, 1979
Tot apuntat, 1981
Els anys i els llocs, 1985
Apunts encara, 1986
Mes apunts, 1990

Index